LA CRÈCHO

DE LA

SANTO-ENFANÇO

OU

LOU SOUHÈ D'UNO BONO MAIRE

—

POÈME PROVENÇAL

PAR

AUGUSTIN BOUDIN

AVEC UNE TRADUCTION LITTÉRALE EN REGARD

DÉDIÉ

A SA GRANDEUR

MONSEIGNEUR DEBELAY, ARCHEVÊQUE D'AVIGNON,

Ouvrage orné d'une Lithographie exécutée à Paris par M. Alfred
Lemoine, d'après un dessin de M. Chautard.

Se vend au profit de la Crèche,
PRIX : 50 cent.

AVIGNON

CHEZ Fr. SEGUIN AÎNÉ, IMPRIMEUR-LIBRAIRE
rue Bouquerie, 13.

1852

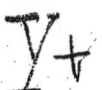

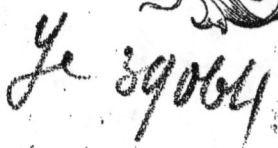

J. Chantard del.

Alf. Lemout lith.

Lou lendeman matin, lis an visto, pechaire,
En festo, accoumpagna la maire et l'inoucen
Jusqu'à la Santo Enfanço, où nouvéo Bethélem

Imp. Jacomme & C.ᴵᵉ r de Lancry 12 Paris.

LA CRÈCHO

DE LA

SANTO-ENFANÇO

OU

LOU SOUHÈ D'UNO BONO MAIRE

—

POÈME PROVENÇAL

PAR

AUGUSTIN BOUDIN

AVEC UNE TRADUCTION LITTÉRALE EN REGARD

DÉDIÉ

A SA GRANDEUR

MONSEIGNEUR DEBELAY, ARCHEVÊQUE D'AVIGNON.

Ouvrage orné d'une Lithographie exécutée à Paris par M. Alfred
Lemoine, d'après un dessin de M. Chautard.

———

Se vend au profit de la Crèche,
PRIX : 50 cent.

———

AVIGNON

CHEZ Fr. SEGUIN AÎNÉ, IMPRIMEUR-LIBRAIRE
rue Bouquerie, 13.

1852

Monseigneur ,

Le succès qu'obtint *Lou Souhè d'uno bono maire* à la séance d'inauguration de la Crèche de la Sainte-Enfance , présidée par Votre Grandeur le 20 novembre 1851 , et votre suffrage particulier, qui vint ajouter tant de prix à celui de l'assemblée, m'enhardirent à vous demander la permission de vous dédier ce poème. Je n'oublierai jamais votre bien-veillant empressement à accepter cette dédi-cace.

J'ai l'honneur de vous offrir aujourd'hui l'hommage de mon œuvre, la rapportant ainsi à son vrai principe, puisque votre ardente charité, MONSEIGNEUR, en dotant, par votre haute approbation, la cité Avignonaise de l'inappréciable bienfait d'une Crèche, a été la source première de mon inspiration.

Je suis avec le plus profond respect,

MONSEIGNEUR,

de Votre Grandeur,

le très-humble et très-obéissant serviteur,

AUGUSTIN BOUDIN.

Avignon, le 11 février 1852.

LA CRÈCHE

DE LA

SAINTE-ENFANCE

POÈME

PAR AUGUSTIN BOUDIN.

LA CRÈCHO

DE LA

SANTO-ENFANÇO,

OU

LOU SOUHÈ D'UNO BONO MAIRE.

> Il ne méprisera point l'orphelin qui le prie, ni la
> veuve qui répand ses gémissements devant lui.
>
> (ECCLI. XXXV.)

> De vos pieux trésors que la rosée abonde,
> Et les échos du ciel rediront triomphants:
> « Un Enfant-Dieu sauva le monde,
> « Et le monde aujourd'hui sauve tous les enfants ! »
>
> ÉMILE DESCHAMPS.

—

Où quartié d'Avignoun apela San-Christoou,
Dedins un paure houstau enfounça din lou soou,
Datèn dou bon vièi tèm que li Papo régnavon,
Cinq fumeto assemblado, en travayén véyavon,

LA CRÈCHE

DE LA

SAINTE-ENFANCE,

OU

LE SOUHAIT D'UNE BONNE MÈRE.

———

Au quartier d'Avignon appelé St-Christophe,
Dans une pauvre maison enfoncée dans la terre,
Datant du bon vieux temps où les Papes régnaient,
Cinq femmes assemblées en travaillant veillaient,

A la roujo clarta d'un rustique calèo. (1)
Aqui, di bas quartié se tenié lou burèo ;
Chascuno yé disié sa gayo rastélado ,
De nouvèlo de plaço adusié sa foûdado ,
En fasén dindina soun pichot cascavèo ,
Coum'una patiéris qu'a soun co de gavèo.
Un soir doun, per Toussan, que fasién sa gazeto ,
Quand aguèron passa per soun bè li teleto ,
Souspesa lou dequé di fio et di garçoun ,
A touti, sèn pièta, bouta soun pétassoun ;
Jugèron à prepau, per fini la séènço ,
De s'oucupa 'n brisé de sa propro chabènço ;
Faguèron de souhè mai ou men ambicious ,
Suivan qu'èro soun ra, ou ben selon soun gous :
— « Ma fisto ! me creyéo fiyolo d'una fado ,
Fai Gricolo, s'un jour, en fasén ma bugado ,
Assetave un tinau de dès à douge soou ,
Bèn hau cacalucha de linge fin et noou. »
Quand Gricolo aguè dit : — « Per yéo, fai Madaléno,
Ei pato tène pas : n'ai ma coumodo pléno !
Moun envéjo sayé de faire un bèo diaman

(1) Lampe à queue ayant à peu près la forme des lampes sépul-
crales antiques. Suspendue, par le crochet qui la termine, à l'extré-
mité inférieure d'un roseau fixé au plancher, elle est le seul lumi-
naire de la plupart de nos veillées de campagne.

A la rouge clarté d'une rustique *petite lampe.*

Là , des bas quartiers se tenait le bureau ;

Chacune y *payait son tribut de joyeusetés* (1) ,

De nouvelles du marché apportait *son plein tablier* ,

En faisant tinter son petit grelot ,

Comme une chiffonnière qui a son coup de sarment.(2)

Un soir donc, vers la Toussaint, qu'elles faisaient leur (gazette,

Quand elles eurent passé par leur bec les toilettes ,

Soupesé l'avoir des filles et des garçons ,

A tous sans pitié *attaché un ridicule* (3) ;

Elles jugèrent à propos, pour finir la séance,

De s'occuper un petit peu de leur propre chevence ;

Elles firent des souhaits plus ou moins ambitieux ,

Suivant qu'était leur caprice, ou bien selon leur goût.

— « Ma foi , je me croirais filleule d'une fée ,

Dit Agricole , si un jour , en faisant ma lessive ,

J'asséyais un cuvier de dix à douze sous *de location*

Tout comble de linge fin et neuf. »

Lorsqu'Agricole eut dit: —«Pour moi, fait Madeleine,

Au linge je ne tiens pas : ma commode *en est* pleine !

Mon désir serait de *me faire* un beau diamant

(1) Plus rigoureusement: sa joyeuse râtelée.

(2) Qui a fait de trop copieuses libations.

(3) Plus rigoureusement : mis un chiffon.

Que beluguejaié su moun pouli coou blan ! »
Pièi la grosso Françoun espéli la paraulo ,
Et di : — « Per estre herous , vivo uno bono taulo !
La glori rampli pas ; yéo voudriéo manja bon ,
Me gava chasque jour de dindo et de bonbon ! »
Babet fai à soun tour : — « Acó voou-ti la péno
De fourma de souhè ? bèn garni sa bedéno !
Estre forço linjado ! ou bèn faire un diaman !
Ya pas per me léva ma pus pichoto fam.
Per yéo, coumençayéo soulamén à me crèire ,
S'un jour per moun dequé poudiéo faire l'empèire !
S'aviéo forço varlé, d'aquipage , un palai !
Se vesiéo à mi pè d'houmené quénounsai
Faire tuba l'encèn en rimo muscarèlo ,
Et sousta moun hounour, se yé fasién querèlo ! »
Quand aquelo aguè fa trignouleja soun vu ,
Venié où tour de Mario ; aguè doû mau di mu.
Mario, jouino véouso , et moudesto et poulido ,
Que souto li lagrémo ei toute ennévoulido ,
Que doû found dé soun cor enca bèn amourous
Prègo Diéo per soun home et yé di de mot dous ,
Coume s'èro pas mort, y'éi fidèlo et soumesso ;
Quand se soubro vint soou , yé fai dire una messo.
— « Santouneto ! yé fan, et tu, qu'èi toun souhè ?
Ei bèn talamen gros que lou tenés secrè ,

Qui étincellerait sur mon joli cou blanc ! »
Puis *de* la grosse Françon *éclot* la parole ,
Elle dit: — « Pour être heureux, vive une bonne table!
La gloire *ne nourrit pas ;* je voudrais manger bon ,
Me gorger chaque jour de dinde et de bonbons ! »
Babet fait à son tour: — « Cela vaut-il la peine
De former des souhaits ? bien garnir sa bedaine !
Avoir beaucoup de linge! ou bien *se faire* un diamant !
Il n'y a point, *là , de quoi* m'ôter ma plus petite faim.
Pour moi , je commencerais seulement à m'en croire ,
Si un jour par ma fortune je pouvais *prendre des airs de*
(grandeur,
Si j'avais force valets, des équipages , un palais !
Si je voyais à mes pieds des *courtisans* sans nombre
Faire fumer l'encens en rimes musquées ,
Et défendre mon honneur, s'il était attaqué ! »
Quand celle-là eut fait *ainsi* carillonner son vœu,
Venait *le* tour de Marie ; elle demeura muette :
Marie , jeune veuve et modeste et jolie ,
Qui sous les larmes est tout ennuagée ;
Qui du fond de son cœur encore bien amoureux ,
Prie Dieu pour son mari et lui dit des mots doux ;
Comme s'il n'était pas mort, lui est fidèle et soumise;
Quand elle s'économise vingt sous, elle *lui* fait dire
(une messe.
— « Petite sainte! disent-elles, et toi, quel est ton sou-
(hait ?
Il est tellement gros que tu le tiens secret ,

Parai ? Devés couva ségur un 'autro noço !
Am'un prince bélèo ? Tant miéo ! oh ! quuto bosso !
Dit Françoun, s'acó èro, et quu charivarin ! »
— « Moun souhè, dit Mario, eis encaro pus fin :
A tout d'un tem soûrè ce qu'à moun cor poou plaire :
Teleto, or et diaman, d'acó yéo m'inchoou gaire,
Per un corp qu'à la fin n'emporto qu'un linçoou,
Et que souventifé n'èi pas d'acó ben noou.
Perqué de tan de vent se rampli la cabesso ?
Estre tan abrasa d'hounour et de richesso ?
Puisqué pousséden rèn qu'à titre de presta,
Et que per estre herous, foou se désaresta !
Où mitan di festin l'ámo prén gis de voyo ;
Lou juste se ranforço et toujou meno joyo,
En mangén de la car que poou pas moucoura,
Et que venen doû ciel, jamai nous mancara.
Ah ! risco pas, nimai, qu'envéje d'aquipage,
Un issam de varlé, d'embounissèns houmage,
Que désire de vèire à l'houstau forço gèn
Afouga'moun entour, amor qu'oûyéo d'argèn !
L'encèn di flatejur vous gounfle et vous entesto :
A la glèiso èi pus dous, n'ai ma part quand èi festo ;
Souhète encaro mén de faire i gèn la lèi ;

N'est-ce pas vrai? tu dois couver bien sûr une autre

Avec un prince peut-être! Tant mieux! oh! quel galas! (noce!

Dit Françon , si cela était, et quel charivari ! »

—« Mon souhait, dit Marie, est encore plus *distingué* :

Sur-le-champ vous saurez ce qui à mon cœur peut

Toilette , or et diamant, de cela je ne me soucie guère , (plaire ;

Pour un corps qui à la fin n'emporte qu'un linceul ,

Lequel souventes fois n'est pas *chose bien neuve.*

Pourquoi de tant de vent se remplir la tête ?

Être si embrasé de *l'amour* des honneurs et des riches-

Puisque nous ne possédons rien qu'à titre de prêt, (ses,

Et que, pour être heureux, il faut *se dépouiller de tout?* (1)

Au milieu des festins, l'âme ne prend point d'énergie ;

Le juste se fortifie et toujours *mène joie* ,

En mangeant de la chair qui ne peut dégoûter,

Et qui , venant du ciel, jamais ne nous manquera.

Ah ! il n'y a pas de danger, non plus, que j'ambitionne

Un essaim de valets, de fatigants hommages , (des équipages,

Que je désire de voir à la maison force gens

Empressés autour de moi, parce que j'aurais de l'ar-

L'encens des flatteurs vous gonfle et vous entête ; (gent !

A l'église, il est plus doux; j'en ai ma part, quand c'est

Je souhaite encore moins de faire aux gens la loi ; (fête ;

(1) Plus rigoureusement : s'ôter l'arête. *Quau presto se desaresto,*
Prov. Qui prête se désarête, se dépouille.

Se coumanda soi-mème èis un poudé de rèi !
Ce que dise , n'èi pas de yéo que vous lou done :
Repéte ce qu'un jour entendeguère oû prone ,
Ounte voou quauquifé per me récounfourta
Contro dous énemi : démoun et paureta !
Pamen s'à Marioun , la pauro journayèro ,
Ero permé de faire oû bon Diéo 'na prièro ,
Ah ! sayé pas per yéo que levayéo li man :
Ce que demandayéo sayé per moun enfan ;
Sayé , quand siéo ou champ sur la régo giblado ,
Quand entre dous souléo mesure ma journado ,
Et que suze moun pan per qu'éo ague de la ,
D'estre pas din li tranço , en me pénsén qu'eila ,
Moun pichot , din l'houstau abandouna , pécaire !
Periclito belèo , mau garda per soun fraire ,
Pas proun fort , s'ero oû soou , per pousqué lou léva ,
Et trop yeun per veni jusqu'ici me trouva.
Dison qu'oumai lou corp èi carga de pénasso ,
Oûmen per li souci din l'amo ya de plaço ;
Mai ver yéo n'ei pa'nsin : de négre parpayoun
Enfèton tout lou jour moun imaginacioun :
Tantôt , yéo vése un voou de guespo , de mouscasso ,
Que de moun bel enfant boudougnéjon la faço ;
Tantôt vese una sèr (acó me fai trambla !)
Que s'amourro à sa bouco et yé suço lou la !

Se commander soi-même est un pouvoir de roi !

Ce que je dis, *ce* n'est pas de moi que je vous le donne;

Je répète ce qu'un jour j'entendis au prône ,

Où je vais quelquefois pour me reconforter

Contre deux ennemis : démon et pauvreté !

Pourtant si à Marion , la pauvre journalière ,

Il était permis de faire au bon Dieu une prière ,

Ah ! ce ne serait pas pour moi que j'élèverais les mains :

Ce que je demanderais serait pour mon enfant ,

Ce serait, quand je suis aux champs sur le sillon

Lorsqu'entre deux soleils je mesure ma journée, {courbée,

Et que je sue mon pain , afin qu'il ait du lait ,

De n'être pas dans les transes, en pensant que là-bas,

Mon petit, dans la maison abandonné, pauvret !

Périclite peut-être , mal gardé par son frère ,

Pas assez fort, s'il était par terre, pour pouvoir le lever,

Et trop loin pour venir jusqu'ici me trouver.

On dit que plus le corps est *surchargé de peines* ,

Moins pour les soucis dans l'âme il y a place ;

Mais chez moi, il n'en est pas ainsi : de noirs papillons

Importunent tout le jour mon imagination :

Tantôt je vois un essaim de guêpes, de grosses mou- {ches.

Qui de mon bel enfant font enfler la face ;

Tantôt je vois un serpent (cela me fait trembler) ,

Qui plonge à sa bouche et lui suce le lait !

Mé si pichoti man la tord, la pessuguéjo ;
Mai bèn lèo l'inoucèn din li ranfort houquéjo !
S'entènde, per malhur, souna lou toco-san,
Save plus vounte siéo... me fai versa moun sang...
Fernisse din moun amo.. ai lou tramble.. siéo morto !
Per pousqué m'enana, moun Diéo, sarai proun forto ?
Me trinasse... En camin vóle counta li có :
N'en conte toujou quatre, à mai n'yague pa'có !
Vount'èi lou fió, vount'èi? cride à tout ce que passo :
Quau me di où Corps-Sant, quau me di à la Plaço! (1)
Moun Diéo! s'ero à l'houstau! et que moun enfantoun,
Quand sarai à soun brè, fuguesse qu'un carboun !!
Pamén avance un poou.... me vaqui din la vilo !
Anfin save l'endré !... n'ai l'amo pus tranquilo ;
Mai crése que moun rèi es viéo, en vérita,
Que quand lou poutounéje et que l'ai fa téta !
Aro avè devina ce que din moun cor vóle :
Di riche envéje rèn qu'uno bono à moun dróle !
De tout ce qu'èi créa, pauro fumeto, ai rèn,
Créyéo de tout agué, se moun ange ero bèn ! »
— Quand Mario a parla, li quatre délurado

(1) Quartiers d'Avignon.

Avec ses petites mains il le tord , le *pince* et *le repince ;*
Mais bientôt l'innocent dans les renforts hoquète !
Si j'entends, par malheur, sonner le tocsin !
Je ne sais plus où je suis.... *cela me bouleverse....*
Je frémis dans mon âme...je *tremble...* je suis morte !
Pour pouvoir m'en aller, mon Dieu ! serai-je assez
                                                    (forte ?
Je me traîne..... En chemin je veux compter les
                                            (coups (1) :
J'en compte toujours quatre , quoiqu'il n'y en ait pas
                                                    (cela,
Où est le feu ? où est-il ? crié-je à tout ce qui passe :
Qui me dit au Corps-Saint , qui me dit à la Place !
Mon Dieu ! s'il était à la maison ! et que mon petit
                                                (enfant,
Quand je serai à son berceau, ne fût *plus que* charbon !
Cependant j'avance un peu... me voilà dans la ville !
Enfin je sais *l'endroit !* j'en ai l'âme plus tranquille ;
Mais je ne crois que mon roi est vivant, en vérité,
Que lorsque *mille fois je l'embrasse* et que je l'ai fait
                                                    (téter !
Maintenant vous avez deviné ce qu'en mon cœur je
                                                    (veux :
Aux riches je n'envie rien qu'une bonne à mon enfant !
De tout ce qui est créé, pauvre petite femme, je n'ai
                                                    (rien ;
Je croirais tout avoir si mon ange était bien *soigné !»*
Quand Marie a parlé, les quatre luronnes

_____

(1) Lorsqu'un incendie éclate dans Avignon , le beffroi de la ville,
en sonnant le tocsin, fait entendre un nombre déterminé de coups
distincts, pour avertir que le feu est dans la circonscription de telle ou
telle paroisse. C'est quatre coups pour la paroisse où habite Marie.

Se trufon à plési de soun vu d'esquichado,
De si grand crou de payo ounte ya que fouyé ,
De soun prone ennuyoux , de si patetayé :
Françoun di : — « M'éis avis qu'ansin fai la saumeto ,
Per agué mai de brén , la fîno Marieto ! »
Aquesto boufo pas , et prenén soun tintoun ,
Yé respond en mangén si gauto de poutoun !
Quand an proun cascaya , cacaleja , li gábre ,
Rintron din lou fourréo si lengasso , ou si sábre ;
S'en van jaire , qu'èi tard ; soun calèo à la man ,
Mounton din si granié querre lou léndeman.
An l'esprit tan gounfla de si vu de la vèyo ,
Li quatre espaventau , que n'an la chauchouvièyo.
Mario , ou darnié mot de soun darnié *Pater*,
Souspire , et si bèous yeu soun quasi plus duver ;
Se couche à tout d'un tem , et maire benhurado ,
S'endort sèn virouya , fai qu'uno courdurado ;
L'enfan gènso pa'ncó ; lou bénézi tintoun ,
Manse coum'un agnéo , dort coum'un angeloun.
Après lou proumié son , uno voix bèn doucéto ,
La voix d'un serafin , amourouso flutéto

Se moquent à plaisir de son vœu de bigote (1) ,

De ses grandes croix de paille , où il n'y a que folie,

De son prône ennuyeux, de *ses scrupules mal-entendus.*

Françoun dit : — « Il me semble qu'ainsi elle fait l'â-
<small>(nesse ,</small>

Pour avoir plus de son , la fine Mariette ! »

Celle-ci ne souffle pas *mot,* et prenant son nourrisson,

Elle lui répond en dévorant ses joues de baisers.

Quand elles ont assez caqueté, éclaté de rire, les

Elles rentrent dans le fourreau leurs *redoutables lan-*
<small>(Mégères (2) ,</small>
<small>(gues ,</small>

Elles s'en vont se coucher, car il est tard ; leur petite
<small>(lampe à la main,</small>

Elles montent dans leurs greniers chercher le lende-
<small>(main.</small>

Elles ont l'esprit si gonflé de leurs vœux de la veille,

Les quatre *épouvantails,* qu'elles en ont le cauchemar.

Marie, au dernier mot de son dernier *Pater ,*

Soupire , et ses beaux yeux ne sont presque plus ou-
<small>(verts ;</small>

Elle se couche aussitôt, et mère bienheureuse,

Elle s'endort *sans se tourner et se retourner , elle ne*
<small>(s'éveille pas de toute la nuit (3) ;</small>

L'enfant ne vagit pas une seule fois; le béni nourrisson

Doux comme un agneau , dort comme un petit ange.

Après le premier sommeil , une voix bien doucette ,

La voix d'un séraphin , amoureuse flûtette

(1) Plus rigoureusement : femme ridiculement contenue sous tous les rapports.

(2) Plus rigoureusement : les coqs d'Inde.

(3) Plus rigoureusement : elle ne fait qu'une couture *de sommeil.*

De l'orchestre doù ciel, frédounejo où coùssin,
D'aquélo bono maire, et pièi yé fai ansin :
— « Mario, escouto-me ! ta moudesto prièro
Partido d'un cor pur, doùmassi qu'èi pas fièro,
Pus forto que lis autro, éis avengudo miéo
A traversa lou ciel, à toumba ei pè de Diéo :
Uno bono ! l'oûras ! Jésus qu'ei tan imable,
Jésus te mandara sa crècho et soun estable,
Vounte sara ben siau, aquéo bel inoucen ;
Mai l'estable n'èi plus ce qu'èro à Bethélem,
Un jas tout descouver, à porto derrabado,
Vounte la jaladuro intravo à grand rounflado :
Despièi que l'Enfant-Diéo ya ploura de la fré,
Yé fai bèn bon dedin, ya pa'n trau i paré ;
Despièi que ya coucha su de payo pourrido,
La Crècho eis uno bresso amourouso et flourido ;
Et pasqu'à Béthélèm, l'hoste dur, autrifés,
Respoundegu'ansin : « *Sian proun gèn, voulen plus rès !* [1] »
L'oûberjo d'oûjourd'heui n'en sara jamai pléno ;
Sa porto s'oûvrira d'esperélo et sèn péno,
I cris di paure agnéo, di pichot malhérous,
Car l'hoste éi lou bon Diéo, qu'ei lou Paire de tous !
Nimai mancara pas d'avenèntos houstesso

(1) Noël de Saboly, Dialogue entre Saint Joseph et l'hôte.

De l'orchestre du ciel, frédonne à l'oreiller
De cette bonne mère, et puis lui dit ainsi :
— « Marie, écoute-moi ! ta modeste prière
Partie d'un cœur pur, parce qu'elle n'est pas fière,
Plus forte que les autres, est parvenue mieux
A traverser le ciel, à tomber aux pieds de Dieu !
Une bonne ! tu l'auras ! Jésus, qui est si aimable,
Jésus t'enverra sa crèche et son étable,
Où il sera bien en sûreté, ce bel innocent ;
Mais l'étable n'est plus ce qu'elle était à Bethléem :
Une bergerie toute découverte, à porte arrachée,
Où la froidure entrait à grands ronflements ;
Depuis que l'Enfant-Dieu y a pleuré de froid,
Il y fait bien bon dedans, il n'y a pas un trou aux murs ;
Depuis qu'il y a couché sur de la paille pourrie,
La crèche est un grand berceau moëlleux et fleuri ;
Et parce qu'à Bethléem, l'hôte dur, autrefois,
Répondit ainsi : « *Nous sommes assez du monde, nous*
(ne voulons plus personne (1) ,
L'auberge d'aujourd'hui ne sera jamais pleine ;
Sa porte s'ouvrira d'elle-même et sans peine
Aux cris des pauvres agneaux, des petits malheureux ;
Car l'hôte est le bon Dieu, qui est le Père de tous !
Non plus il ne manquera pas d'avenantes hôtesses,

(1) Noël de Saboly : Dialogue entre Saint Joseph et l'hôte.

Qu'oûran lou cor brulant de piatouso tendresso ,
Ange que , de sis alo , amé biai yé faran
Un poulit escounsèo , et que lou bressaran ;
Maire de carita qu'an toujou l'espouncheto ,
Se plouro de la fam , calmaran sa plouretto.
N'ai pa'ncaro tout di : toun fieò, oh ! qu'acò's bèo !
Recevra, noun li rèi segui de si camèo ,
Que vendran à si pè depousa sis houmage ,
Mai Pountifo zéla , magistrat , nouvèo mage ,
Qu'oûran, per soun courtège et per si gèn arma ,
Tout ce que se sent batre un cor din l'estouma !
Quu merveyo de vèire uno foulo tan bèlo ,
Guidado per la croux qu'ei la mouderne estèlo ,
A la Crècho nouvèlo , oû nouvèo Bethelèm ,
En cridén : Gloria ! dins un nivo d'encèn !
Bèli damo et moussu , bergiés et bergiereto ,
Cantaran de nouè , mousiran sa pateto ,
Ploûra dédin lou brè de bijoux et d'argèn ,
Quau dounara lou mai sara lou pus countèn ! »
— Ici l'ange se tèiso ; uno douço harmounïo ,
Escampado doû ciel , vèn revia Mario ,
Que saupluss'éis oû mounde an aquéo bèo moumén ,
Et que penso mouri dins soun tréfoulimén !
Soun enfant, outan leò, yé di sa cansouneto ;
Élo l'oûbouro en l'air, yé fai cènt poutouneto ;

Qui auront le cœur brûlant de compatissante ten-
Anges qui, de leurs ailes, avec grâce lui feront ^(dresse.)
Un joli archet de berceau et qui le berceront;
Mères de charité qui ont toujours le jet du lait,
S'il pleure de la faim, elles *apaiseront ses cris.*
Je n'ai pas encore tout dit : ton fils, oh! que c'est beau!
Recevra, non les rois suivis de leurs chameaux,
Qui viendront à ses pieds déposer leurs hommages ;
Mais Pontife zélé, magistrats, nouveaux mages,
Qui auront pour leur cortége et pour leurs gens armés
Tout ce qui se sent battre un cœur dans la poitrine!
Quelle merveille de voir une foule si belle,
Guidée par la croix, qui est la moderne étoile
A la Crèche nouvelle, au nouveau Bethléem,
En criant : Gloria! dans un nuage d'encens!
Belles dames et Messieurs, bergers et bergerettes,
Chanteront des noëls, trairont leur bourselette :
Il pleuvra dans le berceau des bijoux et de l'argent,
Celui qui donnera le plus sera le plus content! »
— Ici l'ange se tait : une douce harmonie
Épanchée du ciel, vient réveiller Marie,
Qui ne sait plus si elle est au monde en ce beau moment,
Et qui *se sent presque mourir* dans son tressaillement.
Son enfant aussitôt lui dit sa chansonnette ;
Elle l'élève en l'air, lui *fait* cent petits baisers,

Lou signo vitamén, et per miéo l'assoula,
Yé tapo la bouqueto am'uno font de la.
Sèn mai ista, davalo et vai counta sa joyo
I vésino, en courén. Aquéli boni voyo :
— « Qu'éi bèlo ! ansin yé fan, tout jus aguè bada,
Mé sa crècho mouleto, et d'ange per garda
Soun frui tan de réquisto ! Ah bèn ! sayé doumage
Que reçuguesse pas li flatejurs houmage,
Coume l'ènfan Jésus, de trés oupulan rèi
Qu'adurrién à si pè milo riche bébèi ! »
— « Mario ! fai Griçolo, anén, acó te toco,
A ta plaço anayéo vitamén su la Roco,
Espincha se lou cier se durbén d'un cantoun,
Véses pas lou brè d'or que t'adu l'angeloun ! »
— Élo n'a proun oùsi ; s'envai à la journado,
Disén : — « M'a mérita, se siéo humiliado ; »
Mai n'en gardo pas mén sa fé, que yé sufi
Per coucha li tàvan qu'enborguou soun espri.
Mario, desempièi la voix misteriouso,
Avié deshabïa dex à douge filouso,
Et desgrana m'ardour quau sau quant de *Pater*,
Quand un soir que la biso hurlavo din lis air,

Elle *fait sur lui le signe de la croix vitement,* et pour
Elle lui ferme sa bouche avec une fontaine de lait. (mieux l'apaiser,

Sans plus demeurer, elle va conter sa joie

Aux voisines, en courant. *Ces bons esprits :* (1)

— « Qu'elle est belle ? ainsi lui font-elles, à peine eut-
Avec sa crèche molle et des anges pour garder (elle ouvert la bouche,

Son fruit si recherché ! Eh ! bien ! ce serait dommage

Qu'il ne reçût pas les flatteurs hommages,

Comme l'enfant Jésus, de trois opulents rois

Qui apporteraient à ses pieds mille riches joyaux ! »

— « Marie ! dit Agricole, allons, cela te regarde,

A ta place, j'irais vite sur le Rocher, (2)

Observer si le ciel s'ouvrant d'un coin,

Tu ne vois pas le berceau d'or que t'apporte le petit
— Elle en a assez entendu ; elle s'en va à la journée, (ange !

Disant : *Je l'ai mérité,* si je suis humiliée ;

Mais elle n'en garde pas moins sa foi qui lui suffit

Pour chasser les taons qui aveuglent son esprit.

Marie, depuis qu'elle avait entendu la voix mysté-
Avait déshabillé dix à douze quenouilles, (rieuse,

Et égrené avec ardeur qui sait combien de *Pater,*

Quand un soir que la bise hurlait dans les airs,

---

(1) Plus rigoureusement : ces bonnes volontés (par antiphrase.)

(2) Le Rocher des *Doms,* situé dans l'enceinte de la ville d'Avignon, qu'il domine.

Uno pichoto voix , gamo tendro et fineto ,

Et que de tèms en tèm èro un poou trémouleto ,

Sóno tres co : Mario ! où trau doû pourtalet.

Drè qu'oûsisson la voix , fan peta soun galet ,

Li quatre fumelan : — « Tè ! fai un di gabure ,

M'es avis que sara l'ange que vèn t'adurre

Lou brè d'or, qué ! Mario ! Anén , vai vite oùvri !

Mario soufro acó , resto ravido et di :

—«Quau poou me souna 'nsin ? »—Un autró di cou-

Fai: —«S'ei pa'n angeloun, èis un paure, péchaire! »

—« Un paure ! di Mario, alor acó'i bèn mai ,

Qu'ei lou bon Diéo éo mème; oui, oui, yé durbirai,

Et yé farai , paureto , oûmorno d'uno yardo. »

Esmougudo yé court; tout lou mounde regardo

Ver la porto, en sésïo ; un réligious esfrai

Semblo av' enclausigu nosti quatre esparpai !

Aro n'aguè pas poou que rés quinque et que parle !

Quau èro ou pourtalet ? doua Damo de San Charle !

Que vénien per préga Marioun d'estrena

De Béthélèm la Crèche ounte Jésus ei na !

Ah! bèli gèn de Diéo!—Santo-Croux!Nostro-Damo!—

Ajuda-me , Signour , grand Souvaire dis amo ! —

Quu miracle ! — que sian su la terro, moun Diéo ! —

Une petite voix, gamme tendre et bien fine,

Et qui de tems en tems était un peu chevrotante,

Appelle trois fois: Marie! par le guichet du petit portail.

En entendant la voix, elles font claquer leur gosier,

Les quatre *viragos:* «Tiens, fait une des *gueulardes*(1),

Il me paraît que ce sera l'ange qui vient t'apporter

Le berceau d'or, hé! Marie! Allons, va vite ouvrir!»

Marie souffre cela, elle reste ravie et dit:

—« Qui peut m'appeler ainsi?»—Une autre des com-
                                                    (mères
Fait:—«Si ce n'est pas un ange, c'est un pauvre, hé-
                                                    (las!
—« Un pauvre! dit Marie, alors c'est bien plus *encore,*

Puisque c'est le bon Dieu lui-même; oui, oui, je lui
                                                    (ouvrirai,
Et je lui ferai, pauvrette, l'aumône d'un liard. »

Émue elle y court, tout le monde regarde

Vers la porte, immobile; un religieux effroi

Semble avoir charmé nos quatre évaporées!

A présent, n'ayez point peur que quelqu'un remue et
                                                    (qu'il parle,
Qui était au petit portail? deux dames de St-Charles!

Qui venaient pour prier Marion d'étrenner

De Bethléem la crèche où Jésus est né!

Ah! belles gens de Dieu! —Sainte-Croix! — Notre-
                                                    (Dame! —
Aidez-moi, Seigneur, grand Sauveur des âmes! —

Quel miracle! —que sommes-nous sur la terre, mon
                                                    (Dieu! —

_____

(1) Plus rigoureusement : coqs d'Inde.

—Sant Agricó ! Sant Gèn ! préga , préga per yéo ! —
S'entèn qu'aquéli cris alor , et de lagrémo
Rigouléjon où soou dis yeu di quatre fémo ,
Que gounfléjon bèn tan que vous trancon lou cor.
Enver Mario , aqui , recounissén si tort ,
L'estrugon d'ave fa 'n souhé de bono maire.
Lou léndeman matin , lis an visto , péchaire ,
En festo , accoumpagna la maire et l'inoucèn,
Jusqu'à la Santo-Enfanço , où nouvèo Béthélèm !

Saint Agricol, (1) Saint Gens, (2) priez, priez pour
(moi!
On n'entend que ces cris-là alors, et des larmes

Ruisselent à terre des yeux des quatre femmes,

Qui *étouffent tellement d'émotion* qu'elles vous fendent
(le cœur.
Envers Marie, là, reconnaissant leurs torts,

Elles la félicitent d'avoir fait un souhait de bonne
(mère.
Le lendemain matin, on les a vues, les pauvrettes,

En fête, accompagner la mère et l'innocent

Jusqu'à la Sainte-Enfance, au nouveau Bethléem !

---

(1) 15ᵐᵉ évêque d'Avignon, au vii° siècle, et Patron de cette ville.

(2) Saint anachorète du commencement du xii° siècle, dont l'Ermitage et la fontaine miraculeuse attirent tous les ans des milliers de pèlerins au fond de la vallée du Beaucet. — Les quartiers St-Christophe et Bon-Martinet d'Avignon en fournissent leur contingent.

Cet ouvrage se trouve encore :

A AVIGNON,

A la Crèche, établie au Bureau de Bienfaisance.

Et chez M. MANÉGA, marchand de gravures, place de
l'Horloge.